令和俳句叢書

星々

HOSHIBOSHI
MATSUO TAKANOBU

ふらんす堂

目次

すでに青　平成二十八年……5
幸せの国　平成二十九年……33
水の国　平成三十年……67
星々の声　平成三十一年……99
ライン川　令和元年……115
コロナウイルス船　令和二年……151

あとがき……205
初句索引……209
季語索引……214

句集
星々

すでに青

平成二十八年

初日いまだし天上はすでに青

あらたまの鶴に朱を打つ飴細工

大皿に寒の魚あり古稀となる

踏めば鳴る寒の階段阪神忌

天狼や子の生みし児へ子守唄

梅の中ひとすぢの水走りけり

夢の世の春の焚火に足す一枝

清盛忌海へ降り込む春の雪

南三陸町

旗赤き仮設の店舗春疾風

海猫《ごめ》渡る波に呑まれし庁舎跡

誓子忌を津波の跡にイちてをり

大島・龍舞崎

みちのくの島三月の松藻刈る

蕗の薹西のはるかに金華山
かざぐるまかならずきつとまはりだす

七秒で渡る鉄橋春の果

富士に暁光純白の牡丹にも

袋角コントラバスの音で来る

金雀枝《えにしだ》や不死男の墓は富士の裾

卯の花の葉騒の中を雄物川

鈴蘭や万平ホテルの赤ポスト

皮すべてむき枇杷の実を食べはじむ

縞馬に縞の鬣《たてがみ》半夏生

長針のごと日時計に蜥蜴をり

佐渡・黒木御所跡

雨音に雨垂れの音雨蛙

鵠色に涼しき翼ひらききけり

世阿弥配流地沛然と戻り梅雨

ワイシャツの星屑払ふ不死男の忌

ゆつくりと蛇のどこかの進みをる

八月の空溶岩のすぐ上に
それぞれの七夕竹の風の音

御巣鷹忌水着のままに黙禱す

みづうみのいろにあさがほひらきけり

法師蟬篩に掛けし土のいろ

凜々とおくれ毛の立つ野分かな

台風の竹のしなりの極限に
ちちろ鳴く一畳ほどの中洲かな

秋風の畳となりてゐたりけり

物置のものの物を取り出す子規忌かな

温め酒松園の絵の乙女注ぐ

ひねり捥ぐ日の温みあるくわりんの実

猛禽の目の真ん中を神渡し

滝を見ず鷲の目はその上を見る

犬鷲の胸元を滝落ちにけり

どこまでも朴の落葉を踏み行けり

湯殿山雪になるかもしれぬ雨

ふんはりと妻のたたみしセーターよ

数へ日の犀の耳のみ動きけり

いるかにはいるかのことば空青し

雪吊の縄の匂へる中にあり

おしまひはかろきがよろし古暦

幸せの国

平成二十九年

太陽やいま初富士をうすべにに
竜の玉小面の眉ほのぼのと

寒風や熱海芸者の帯だらり

富士山へ振りおろしては耕せる

菅浦・四足門

要害の門は四足や春の鳶

須賀神社・淳仁天皇御陵

雪解水鳥居の脇を走りけり

対岸に伊吹山ある遅日かな

今津

さへづりや川《か》端《ばた》の比良の水甘し

川端…家の中にある泉のある水場

その殻にくつきりと白瀬田蜆
クロッカス大雪山の風が来る

強東風や日本丸に打鋲音

水鏡してみささぎの水温む

たんぽぽや田の神さまが降りて来る

西行忌吉野の杉の鉋屑

よなぐもり河馬ゆつくりと水を脱ぐ

悼　大岡信氏

真夜に覚め花明りとぞ思ひけり

田のなかの落花のなかの石は墓

薫風や白き詩集に紅の帯

蟻々々本能寺へと蟻蟻蟻

泰山木咲くや眼下に一漁港

うつぼふはりと夏潮の穴に入る

夏怒濤引く潮を呑み立ちあがる

葉の奥の髪切虫の幼なくて
蚊遣火も濡れ縁もなく母もなし

夏布団葉騒の中に敷かれけり

白扇をにんげんの指ひらきけり

ミサイルの飛びたる朝の花菖蒲
すべての毛動かし毛虫動き出す

不死男忌の風鈴に吹く強き風

梅花藻の花一枚の莫蓙のやう

伊吹山夕日の的の雲の峰

どろどろであり し地球や蓮の花

木の椅子にハンカチひらきたるままに
竹筒の竹の香りの冷し酒

八月が太平洋に横たはる
黒潮の見えて八月十五日

花火師の尖りするどき喉仏

水平に通す閂法師蟬

星月夜明日のもの煮る落し蓋

土いろの日本海なり秋出水

五千石二十年忌の雨の音

それぞれに湯気立ててをる衣被

揺れ止まぬ縁切寺の紫苑かな

満月へしろき手帳をひらきけり

雲ひとつなし蓑虫のするすると
階段を来る新米を肩に乗せ

烏瓜ゆつくりと曳きぐいと曳く
幸せの国から国へ鳥渡る

名を知らぬきのこの汁にあたたまる

「松の花」二十周年大会

色変へぬ松二十年伸び続け

黄落の根元に蟬の穴ひとつ

灯のあるもなきも電柱冬隣

小春日の柵舐めてゐる仔牛かな

耳搔きの小さな匙よ枇杷の花

星一つ牡蠣殻山のてっぺんに

指窓の瞳の動く障子かな

小田原・秋葉山量覚院

霜月の熯火を素足にて渡る

冬草や伸び切つてゐる山羊の綱

吊橋のまん中を来る雪女郎

スケートの十一歳は風のやう

スケートの流れへと入り振り向かず

水の国

平成三十年

日本は水の国なり初日の出

人日の道頓堀の水の色

影持ちて弾み出でたり竜の玉

根岸・子規庵

子規庵の庭はきのふの雪のまま

田端・大龍寺

雪の中柿ひとつ置く子規の墓

子規の母正岡八重の墓

雪の墓少しく右へ傾ぎける

妻戻り来たるよ豆を撒くとせむ

雨もよひとも雪もよひとも針供養

曽我梅林

春の雲やぶさめの的こつぱみぢん

はだれ嶺の方へと片手振りてをり

三月の利久鼠の空がある
鳥帰るわが身長の少し減り

木の芽立つなり宙吊りの神の鈴

れんげ草胸の釦の穴に挿す

忽然と桜満開誓子の忌

黄沙降る木馬は宙に浮きしまま

黒々と太々と幹はなふぶき
五月来るきつねあざみの花褪せて

メーデーの去り噴水の立ちのぼる

夏めくや風をはらめるすべての帆

母の日の義母と握手をしてをりぬ

むらさきに昏るるわたつみ朴の花

草笛や妣がさびしきときの唄

貝殻を踏みて笛吹く祭の夜

備前・長船

若葉雨ふいごの風に立つ炎

東京の真ん中泰山木ひらく

まつすぐに太陽の立つ代田かな

福知山城

しやちほこのむかうに梅雨の大江山

比良よりの水たつぷりと余り苗

七月一日雨垂れへあるきだす

豆腐へと泥鰌逃げ込む泥鰌鍋

炎天のたましひが水飲んでをり

妻の母は柩の中に夜の蟬

人体の炎えきるを待つ蟬しぐれ

不死男忌の灯に玉虫の来たりけり

留守番の東の窓の遠花火

立秋の吊皮となり揺れてをり

駄菓子屋にだあれもゐない残暑かな

妻の母の四十九日の水澄めり

悼　吉武隼人氏

生一本の男八月とともに逝く

パスポート更新二百二十日かな

黒き石拾ふ残暑の桂浜

秋天へ潮盛り上がり渦を産む

名月へ吹く「コンドルは飛んで行く」

栗むきし傷ひとつある妻の指

蛇笏忌の風鎮の房濃むらさき

馬入川

河口平らかに秋風の平らかに

よくきれるおとのしてをり松手入

七面山よりの秋風ゴンドラへ

蛇笏・龍太選句の部屋のゐろりばた

狐川わたるや綿虫とともに

円覚寺　二句

弁護士坂本の墓冬菊凜

木枯が来るぞ宝冠釈迦坐像

柴《ふし》漬を跳ねて出でたる小海老かな

糸電話障子に影のありにけり

葱の束すつくと白き深夜かな

鬼柚子とわが顔とある柚子湯かな

平成の仕舞の除夜の鐘を打つ

星々の声

平成三十一年

元旦の岩のぼる潮真白なる

湯煙や伊豆の雑煮の具沢山

平塚・馬入山蓮光寺

竜の玉七福神の石の船

しんしんと凍滝われもしんしんと

氷柱折るとき星々の声のあり

寒月や仔牛の四肢の立ちあがる

豆撒きし指先闇に触れにけり

星々のきらめき合へる睦み月

ずぶ濡れの礁の春となりにけり

白魚にこの世のひかりすきとほる

明後日《あさって》を咲くふくらみの梅の白

三連の水車をのぼる春の水

富士山の剣ヶ峰のみ霞まずに
駄菓子屋の春夕暮となりてをり

鳥居から鳥居へ芽吹く段葛

実朝忌傘さして踏む石畳

檜山哲彦氏藝大最終講議

春分やゲーテの詩《うた》を次々と

花すみれ湘南平へつづく径

悼　岡田史乃さん

君逝けりすつくと伸びし牡丹の芽

少年の睨む五線譜春灯

花に星誓子忌にして犀星忌

尾からすぐおたまじゃくしの首ねつこ

初蝶の来るよ先師の散歩道

世田谷・野川

対岸へ七つの石や水温む

ふらここの両足空へ一年生

天皇退位日みどり立つ吉田邸

ライン川

令和元年

新元号第一日の松の芯

春雨の潮のふくらむ夫婦岩

鳩鳴くや伊勢の外宮の若葉雨

樟若葉令和となりし伊勢内宮

若葉照るおかげ横丁誓子館

平成に摘みし令和の新茶かな

鳥のこゑ浦島草へ降りにけり

湯河原

みこしより高く神輿へ出湯《ゆ》をかける

くちなしの純白の香に近づけり

自転車の灯のゆらゆらと植田闇

あぢさゐの箱根八里を三里ほど
雨の葉の二尾のほたるのともしあふ

ほたるゆつくりゆつくりと雨強し

青嵐山鳩のこゑちぎれとぶ

林冠を郭公の声筒抜けに
尺蠖の立ちあがりけり巫女の肩

午後四時の空腹感や羽抜鳥

蛇口より光り立つ水夾竹桃

ずんずんと水に近づく日傘かな

くちびるに滴りの冷え岩の冷え

しかい良通著『わが師・不死男の俳句』を「松の花」別冊として刊

新刊は不死男評伝不死男の忌

草の罠晩夏の畦のわが足に

朝の空港雲の峰八方に

夏霞む《デュッセルドルフ》ライン川越え降下中

広島忌水豊かなるライン川

長崎忌北オランダは雨の中

オランダのストーンヘンジ

岩に載る岩その岩に乗る飛蝗

フローニンヘン・マルティィヌスの塔

マスタードスープ飲む秋風の塔を下り

秋風へふんころがしの動き出す

満月や日の沈みゆくライン川

秋風やハイネ広場のプラタナス

山窪の早稲田のそよぐ日本かな

五歳児の手振り合ひ出す盆踊

撫仏撫づる八月十五日

次の星流れたるなり山上湖

播磨路の畦へあふれて稲の花

星一つ五千石忌の三日月に

父の忌の夕三日月のかたぶけり

伊東市・八幡野八幡宮来宮神社　四句

法師蟬神輿へ神の移る刻

郷祭唇に榊の葉を一枚

無言にて神輿の進む花木槿

急坂を海へと神輿赤とんぼ

露の世を行く耳朶となりにけり

悼　川辺ハルト氏（きのくにや旅館社長、箱根東光庵芦刈まつり委員長）

忽然と君逝きて水澄むばかり

母の忌はつばめの帰り行く頃よ

その背に小鳥来てゐる風見鶏

にはたづみにも十月の上高地

まむし草の実この先に神の池

白き猿をり秋暁の河童橋

黄落のウェストン碑となりにけり

澄む水の岩の上行く岩魚かな

ランドセルが誕生祝十三夜

四色のボールペン持ち文化の日

夜神楽の剣のとどめさす構へ

黒松のまつすぐ高し七五三

五歳児の前に白紙や一葉忌

楽寿園

冬紅葉三島溶岩流の跡

悼　中曽根康弘氏　箱根東光庵の庵主なりし。選者としての縁あり

あたたかき十一月を逝かれけり

球根を遅れて植うる開戦日

頬杖をわれもしてをり漱石忌

次の世は白紙なりけりちゃんちゃんこ

天地返すやぼろ市の砂時計

生涯のいつまで蒲団ととのへる

わが句碑を囲みてゐたり霜柱

いろ紙をくさりつなぎにクリスマス

一鞄一男極月のベンチ

逝く年の富士の白さを見尽くせり

除夜の闇天城峠へ続きけり

コロナウイルス船

令和二年

クレーンが吊りあげてをる初日かな

このところお会ひせぬなり嫁が君

白馬へと青菜一本初詣

福耳のありマフラーのその上に

阪神忌今夜は雪の降るといふ

雪霏々と降る黒き墓白き墓

煎餅に蛸・烏賊・海月春近し

立春のけやき並木に芽の見えず

早春やガラス張りなる楽器店

春浅き日差のなかをコック帽

あきらかに踏みに踏みたる踏絵なる

冴返る夕三日月へハーモニカ

春光の港にコロナウイルス船

初蝶の自動扉をひらきくる

豆雛の毛よりも細き目鼻口

今朝の雪増え三月十一日の富士

フクシマはいまだフクシマ牡丹の芽

春の川煙のやうに流れけり

ねはんにしかぜ空蟬のとまる幹

燕来る防犯カメラの上へ二羽

一片の木の芽の色の全山に

骨の身をこそげば甘しさくら鱒

花の山道路鏡また道路鏡

ウイルスは人から人へ春の星

いつのまに手首に輪ゴム啄木忌

逝く春の麒麟の影を踏みて立つ

砂丘より若緑へと下り行く

春惜しむ磧に濡れし足を置き

ゆく春の瀬音となりて流れ去る
コロナ禍の四月の果つる橋の上

汐騒に防風の花ほのぼのと
まつしろの犬来る茅花流しかな

葉桜を月あをあをとこぼれをり

袋角一番星のありどころ

五月十二日　源鬼彦氏逝去

葉桜を打つ雨粒の透き通り

闇に立つ庫の神輿を見上げけり

雀来る胡瓜の花の近くまで

万緑を来て一本の四つ葉摘む

山百合の小学校へ向きて咲く

伊東・富戸漁港

百の蟹ひそみてわれを見てをりぬ

白南風の吹く七曜のはじまれり

海風に咲く三寸の月見草

悼　鍵和田秞子氏

草田男の玫瑰の沖君逝けり

水茄子のみづみづしきを噛みしむる

ゴムまりと少女の帰りゆく夕焼

滝音の中まつすぐに竹青し

月山の北は雲海ばかりなる
くちびるのビールの泡の中にあり

しらしらと三光鳥の午前四時
明日ひらく白蓮の先うすみどり

不死男忌の朝の雀に朝の雨

片陰を来る自転車や妻が乗る

そびえたつたましひ色の雲の峰
ごきぶりといふ昆虫の棲みつける

からつぽの檻のありけり夜の秋

広島忌あしたのための竹を伐る

くらやみにねずみ花火を蹴り戻す

音すべて消えし青空終戦日

黙禱の正午の皿のゴーヤかな

句会へとあるく八月十五日

一湾に百発同時大花火

氷菓食ぶ五千石忌の木のベンチ

父の忌の残暑の夜の風止まる

花野へと垂るる岩場の鎖かな

亡き母の白寿の日なりふかし芋

ひめむかしよもぎ一本抜かず置く

カステラは黄色子規忌も母の忌も

大花野母振り向かず戻り来ず

山葡萄ゆらゆら胎児は羊水に
かるかや五本屋上に揺れてをり

近づきて大き火星やちちろ虫

藤袴毘沙門天の槍に風

紅萩の水に触るるや山上湖

少年駆け下りる月光のすべり台

初雪の富士へ鉄橋音高し

稲架襖高野山への棚田道

蜂の子を色なき風の中に買ふ

落鰻釣り上ぐ明けの明星へ

長男清隆に第二子、長女千秋誕生

火星さやけし出産のしらせあり

まづ一枚貼りし障子を立てにけり

十三夜背中合せに木のベンチ

鳥羽僧正忌蛙らの穴に入る

秋天へ両手足振る赤子かな

神馬には人参人には菊の香を

飛行船レモンの上に浮かびをり

白秋忌今宵は一の酉といふ

悼 鳥井保和「星雲」主宰

君逝くや誓子の生れし文化の日

少年は風さざんくわを駆け抜ける

綿虫のわが背丈より高くなる

冬紅葉山並はるかの凹に海

あをあをと鱚釣り上ぐる小春かな

たまゆらの日を散りに散る木の葉かな

牡蠣フライ食うてはじまる十二月

大根の葉が来る自転車の前に乗り

『瘤』といふ小さき句集開戦日

俎板に切らるる前のなまこかな

朗人先生逝かれて二日漱石忌

有馬朗人先生訃報あり

漱石忌今日のこゝろで今日を生く

ほのぼのと日向ぼこりの膝頭

われ出でて右往左往の柚子湯の柚

一茶忌の命毛を灯に透かしをり

ゆりかごの中に瞳よもがり笛

雪吊の闇と闇とをつなぎをる

あとがき

『星々』は、私の第九句集。七十代前半の三百六十六句を収めた。先師・秋元不死男は七十六歳を前に亡くなったが、私自身が七十六歳になって迎えた不死男忌も過ぎ、もうすぐ終戦日である。そして今年は、しきりと次の句が思い出される。

終戦日妻子入れむと風呂洗ふ　　秋元不死男

この句は昭和四十一年に詠まれている。その同じ八月に、二十歳であった私は〈高くはるかに雪渓光る二十代　隆信〉と詠んでいる。不死男の句は、特高に検挙されるより以前の青年時代からの念願であったマイホームを手に入れ、風呂を洗って妻子とともに浸かるという平和な日常の喜びを句にしたものである。この平和は

その後国内では半世紀以上にわたって続いてきたが、今また、国外の紛争がいつ飛び火してもおかしくない現状を迎えている。そんなこともあって、掲出の不死男の作がこれまで以上に意識へ上るようになったのであろう。また、平穏な日常を脅かすものは戦争の他にも大地震、津波、原発事故、異常気象による豪雨や熱波、疫病などと数知れない。世界は、常に変質しつづけている。

本句集には、コロナ禍一年目までの作を収めている。この疫病によって行動に制約を多々受ける面はあるが、作句の基本姿勢については何ら変わったことはない。眼前の〝物の見えたるひかり〟がわが内に蓄積された古典を稲妻の如くつらぬいた際に生じる一瞬の景を十七音の言葉にとどめ、〝行きて帰る心の味はひ〟のある作品として書きつけてゆくのみである。

句集名とした「星々」の語を含む作は、集中に二句あるが、眼前に迫りすぎて前のめりにならぬよう、ゆったりとひろやかな〝眼前〟を志向したいとの思いから選んだ言葉である。あらためて、先師の次の三句を座右に、次なる句集を目指してゆきたい。

炎天の遠き帆やわがこころの帆　山口　誓子
寒星や巨視をわれらは大切に　秋元不死男
ゆびさして寒星一つづつ生かす　上田五千石

なお、「松の花」の仲間は勿論、「塔の会」をはじめとした多くの方々との俳縁なくして本句集はならなかった。今回お声をかけてくださった山岡喜美子さんも然り。皆様にあらためて感謝申し上げる。

令和四年　広島への原爆投下から七十七年の日に

松尾隆信

著者略歴

松尾隆信（まつお・たかのぶ）

昭和21年１月13日姫路市に生まれる
昭和36年９月　「閃光」に入会
昭和42年２月　「閃光」新人賞次席　同誌まもなく廃刊
　　　　　　　以後、「七曜」を経て「天狼」「氷海」に所属
昭和51年８月　「畦」に入会　上田五千石に師事
昭和53年４月　「畦」同人
昭和57年11月　「畦」新人賞受賞
平成10年10月　俳誌「松の花」創刊

著書　句集に『雪渓』（昭和61年）『滝』（平成4年）『おにをこぜ』（平成7年）『菊白し』（平成14年）『はりま』（平成18年）『松の花』（平成20年）『美雪』（平成24年）『弾み玉』（平成28年）の8冊。評論に『上田五千石私論』（平成29年）。他に『現代俳句文庫・松尾隆信句集』（平成25年）『自註現代俳句シリーズ・松尾隆信集』（平成27年）『季語別松尾隆信句集』（平成29年）。

現在「松の花」主宰、神奈川新聞俳壇選者、公益社団法人俳人協会評議員、日本文藝家協会会員、国際俳句交流協会会員、塔の会会員、横浜俳話会参与。

現住所　〒254-0046　神奈川県平塚市立野町7-9

●初句索引

あ行

か行

さ行

春浅き　一五七
春惜しむ　一六六
春雨の　一一七
春の川　一六一
春の雲　七三
阪神忌　一五五
万緑を　一七一
飛行船　一九五
ひねり捥ぐ　二六
灯のあるも　六〇
ひめむかしよもぎ　一八五
百の蟹　一七二
氷菓食ぶ　一八三
比良よりの　八三
広島忌
—水豊かなる　一二九
—あしたのための　一八〇
蕗の薹　一三
フクシマは　一六一
福耳のあり　一五四
袋角
—コントラバスの　一五
—一番星の　一六九
不死男忌の
—風鈴に吹く　四九
—灯に玉虫の　八六
—朝の雀に　一七八
富士山の　一〇七
富士山へ　三六
柴漬を　九五
富士に暁光　一四
藤袴　一八八
踏めば鳴る　八
冬草や　六三
冬紅葉
—三島溶岩流の　一四五
—山並はるかの　一九七
ふらここの　一一三
ふんはりと　二九
平成に　一一九
平成の　九七
紅萩の　一八九
弁護士　九四
法師蝉
—篩に掛けし　二三
—神輿へ神の　一三六
頬杖を　一四六
星月夜　五四
星一つ
—牡蠣殻山の　六二
—五千石忌の　一三五
星々の　一〇四
ほたるゆつくり　一二三
骨の身を　一六三
ほのぼのと　二〇二

ま行

まづ一枚　一九二
マスタードスープ　一三〇
まつしろの　一六八
まつすぐに　八二
俎板に　二〇〇
まむし草の実　一四〇
豆雛の　一六〇
豆撒きし　一〇四
真夜に覚め　四二
満月へ　五六
満月や　一三一
みこしより　一二〇
ミサイルの　四八
みづうみの　二二
水鏡して　四〇
水茄子の　一七四
みちのくの島　一二
耳掻きの　六一
無言にて　一三七
むらさきに　七九
名月へ吹く　九〇
メーデーの　七八
猛禽の　二七
黙禱の　一八二
物置の　二五

や行

山窪の　一三二
山葡萄　一八七
山百合の　一七二
闇に立つ　一七〇
雪解水　三七
雪吊の
—縄の匂へる　三一
—闇と闇とを　二〇四
雪の中　七一
雪の墓　七一
雪霏々と降る　一五五
逝く年の　一五〇

ゆく春の　一六七
逝く春の　一六五
湯煙や　一〇一
ゆつくりと　二〇
湯殿山　二九
指窓の　六二
夢の世の　一〇
ゆりかごの　二〇三
揺れ止まぬ　五六
要害の　三七
夜神楽の　一四三
よくきれる　九二
よなぐもり　四二
四色の　一四三

ら行

ランドセルが　一四二
立秋の　八七
立春の　一五六
竜の玉
―小面の眉　三五
―七福神の　一〇二
林冠を　一二四
凜々と　一三
留守番の　八六
れんげ草　七五

わ行

ワイシャツの　二〇
わが句碑を　一四八
若葉雨　八一
若葉照る　一一九
綿虫の　一九七
われ出でて　二〇二

季語索引

あ行

青嵐【あおあらし】(夏)
青嵐山鳩のこゑちぎれとぶ　一三三
赤蜻蛉【あかとんぼ】(秋)
急坂を海へと神輿赤とんぼ　一三七
秋風【あきかぜ】(秋)
秋風の畳となりてゐたりけり　一二五
河口平らかに秋風の平らかに　九二
七面山よりの秋風ゴンドラへ　九三
マスタードスープ飲む秋風の塔を下り　一三〇
秋風へふんころがしの動き出す　一三一
秋風やハイネ広場のプラタナス　一三三
秋出水【あきでみず】(秋)
土いろの日本海なり秋出水　五四
秋の朝【あきのあさ】(秋)
白き猿をり秋暁の河童橋　一四一
秋の空【あきのそら】(秋)
秋天へ潮盛り上がり渦を産む　九〇
秋天へ両手足振る赤子かな　一九四
秋祭【あきまつり】(秋)
郷祭唇に榊の葉を一枚　一三六
朝顔【あさがお】(秋)
みづうみのいろにあさがほひらきけり　三三
紫陽花【あじさい】(夏)
あぢさゐの箱根八里を三里ほど　一三三
汗拭い【あせぬぐい】(夏)
木の椅子にハンカチひらきたるままに　五一
油虫【あぶらむし】(夏)
ごきぶりといふ昆虫の棲みつける　一七九
雨蛙【あまがえる】(夏)
雨音に雨垂れの音雨蛙　一八
蟻【あり】(夏)
蟻々々本能寺へと蟻蟻蟻　四四
一葉忌【いちようき】(冬)
五歳児の前に白紙や一葉忌　一四四
一茶忌【いっさき】(冬)
一茶忌の命毛を灯に透かしをり　二〇三
稲の花【いねのはな】(秋)
播磨路の畦へあふれて稲の花　一三四

芋【いも】（秋）
亡き母の白寿の日なりふかし芋　一八五
海豚【いるか】（冬）
いるかにはいるかのことば空青し　三〇
色変えぬ松【いろかえぬまつ】（秋）
色変へぬ松二十年伸び続け　五九
色無き風【いろなきかぜ】（秋）
蜂の子を色なき風の中に買ふ　一九一
植田【うえた】（夏）
自転車の灯のゆらゆらと植田闇　一三
卯の花【うのはな】（夏）
卯の花の葉騒の中を雄物川　一六
梅【うめ】（春）
梅の中ひとすぢの水走りけり　九
明後日を咲くふくらみの梅の白　一〇六
浦島草【うらしまそう】（夏）
鳥のこゑ浦島草へ降りにけり　一二〇
雲海【うんかい】（夏）
月山の北は雲海ばかりなる　一七六
金雀枝【えにしだ】（夏）
金雀枝や不死男の墓は富士の裾　一五
絵踏【えぶみ】（春）
あきらかに踏みに踏みたる踏絵なる　一六八
襟巻【えりまき】（冬）
福耳のありマフラーのその上に　一五四
炎天【えんてん】（夏）
炎天のたましひが水飲んでをり　八四
扇【おうぎ】（夏）
白扇をにんげんの指ひらきけり　四七
送り梅雨【おくりづゆ】（夏）
世阿弥配流地沛然と戻り梅雨　一九
御巣鷹忌【おすたかき】（秋）
御巣鷹忌水着のままに黙禱す　二二
お玉杓子【おたまじゃくし】（春）
尾からすぐおたまじやくしの首ねつこ　一一一
落鰻【おちうなぎ】（秋）
落鰻釣り上ぐ明けの明星へ　一九一
踊【おどり】（秋）
五歳児の手振り合ひ出す盆踊　一三三

か行

牡蠣【かき】（冬）
星一つ牡蠣殻山のてつぺんに　六二

風車【かざぐるま】（春）
かざぐるまかならずきつとまはりだす　一三
霞【かすみ】（春）
富士山の剣ヶ峰のみ霞まずに　一〇七
数え日【かぞえび】（冬）
数へ日の扉の耳のみ動きけり　三〇
片蔭【かたかげ】（夏）
片陰を来る自転車や妻が乗る　一七八
郭公【かっこう】（夏）
林冠を郭公の声筒抜けに　一二四
蟹【かに】（夏）
百の蟹ひそみてわれを見てをりぬ　一七二
天牛【かみきり】（夏）
葉の奥の髪切虫の幼なくて　四六
神渡し【かみわたし】（冬）
猛禽の目の真ん中を神渡し　二七
蚊遣火【かやりび】（夏）
蚊遣火も濡れ縁もなく母もなし　四六
烏瓜【からすうり】（秋）
烏瓜ゆつくりと曳きぐいと曳く　五八
榠樝の実【かりんのみ】（秋）
ひねり捥ぐ日の温みあるくわりんの実　二六
刈萱【かるかや】（秋）
かるかや五本屋上に揺れてをり　一八七
元朝【がんちょう】（新年）
元旦の岩のぼる潮真白なる　一〇一
寒の内【かんのうち】（冬）
大皿に寒の魚あり古稀となる　八
菊【きく】（秋）
神馬には人参人には菊の香を　一九四
衣被【きぬかつぎ】（秋）
それぞれに湯気立ててをる衣被　五五
茸【きのこ】（秋）
名を知らぬきのこの汁にあたたまる　五九
胡瓜の花【きゅうりのはな】（夏）
雀来る胡瓜の花の近くまで　一七一
夾竹桃【きょうちくとう】（夏）
蛇口より光り立つ水夾竹桃　一二五
清盛忌【きよもりき】（春）
清盛忌海へ降り込む春の雪　一〇
草笛【くさぶえ】（夏）
草笛や妣がさびしきときの唄　八〇
樟若葉【くすわかば】（夏）
樟若葉令和となりし伊勢内宮　一一八

梔子の花【くちなしのはな】（夏）
くちなしの純白の香に近づけり　一二一
雲の峰【くものみね】（夏）
伊吹山夕日の的の雲の峰　五〇
朝の空港雲の峰八方に　一二八
そびえたつたましひ色の雲の峰　一七九
栗【くり】（秋）
栗むきし傷ひとつある妻の指　九一
クリスマス【くりすます】（冬）
いろ紙をくさりつなぎにクリスマス　一四九
クロッカス【くろっかす】（春）
クロッカス大雪山の風が来る　三九
薫風【くんぷう】（夏）
薫風や白き詩集に紅の帯　四三
毛虫【けむし】（夏）
すべての毛動かし毛虫動き出す　四八
紫雲英【げんげ】（春）
れんげ草胸の釦の穴に挿す　七五
原爆の日【げんばくのひ】（夏）
広島忌水豊かなるライン川　一二九
長崎忌北オランダは雨の中　一二九
広島忌あしたのための竹を伐る　一八〇
黄落【こうらく】（秋）
黄落の根元に蟬の穴ひとつ　六〇
黄落のウェストン碑となりにけり　一四一
蟋蟀【こおろぎ】（秋）
ちちろ鳴く一畳ほどの中洲かな　一二四
近づきて大き火星やちちろ虫　一八八
五月【ごがつ】（夏）
五月来るきつねあざみの花褪せて　七七
凩【こがらし】（冬）
木枯が来るぞ宝冠釈迦坐像　九五
五千石忌【ごせんごくき】（秋）
五千石二十年忌の雨の音　五五
星一つ五千石忌の三日月に　一三五
氷菓食ぶ五千石忌の木のベンチ　一八三
東風【こち】（春）
強東風や日本丸に打鋲音　四〇
小鳥【ことり】（秋）
その背に小鳥来てゐる風見鶏　一三九
木の葉【このは】（冬）
たまゆらの日を散りに散る木の葉かな　一九八
木の芽【このめ】（春）
木の芽立つなり宙吊りの神の鈴　七五

鳥居から鳥居へ芽吹く段葛　一〇八
一片の木の芽の色の全山に　一二三

小春【こはる】（冬）
小春日の柵舐めてゐる仔牛かな　六一
あをあをと鱚釣り上ぐる小春かな　一九八

海猫渡る【ごめわたる】（春）
海猫渡る波に呑まれし庁舎跡　二

さ行

西行忌【さいぎょうき】（春）
西行忌吉野の杉の鉋屑　四一

冴返る【さえかえる】（春）
冴返る夕三日月へハーモニカ　一五八

囀【さえずり】（春）
さへづりや川端の比良の水甘し　三八

山茶花【さざんか】（冬）
少年は風さざんくわを駆け抜ける　一九六

早苗【さなえ】（夏）
比良よりの水たつぷりと余り苗　八三

実朝忌【さねともき】（春）
実朝忌傘さして踏む石畳　一〇八

爽か【さわやか】（秋）
火星さやけし出産のしらせあり　一九二

三月【さんがつ】（春）
みちのくの島三月の松藻刈る　一三
三月の利久鼠の空がある　七四

三光鳥【さんこうちょう】（夏）
しらしらと三光鳥の午前四時　一七七

残暑【ざんしょ】（秋）
駄菓子屋にだあれもゐない残暑かな　八七
黒き石拾ふ残暑の桂浜　八九
父の忌の残暑の夜の風止まる　一八四

紫苑【しおん】（秋）
揺れ止まぬ縁切寺の紫苑かな　五六

四月尽【しがつじん】（春）
コロナ禍の四月の果つる橋の上　一六七

子規忌【しきき】（秋）
物置のものを取り出す子規忌かな　二五
カステラは黄色子規忌も母の忌も　一八六

蜆【しじみ】（春）
その殻にくつきりと白瀬田蜆　三九

滴り【したたり】（夏）
くちびるに滴りの冷え岩の冷え　一二六

七月【しちがつ】(夏)
七月一日雨垂れへあるきだす　八三
七五三【しちごさん】(冬)
黒松のまつすぐ高し七五三　一四四
霜月【しもつき】(冬)
霜月の熾火を素足にて渡る　六三
霜柱【しもばしら】(冬)
わが句碑を囲みてゐたり霜柱　一四八
尺蠖【しゃくとり】(夏)
尺蠖の立ちあがりけり巫女の肩　一二四
十一月【じゅういちがつ】(冬)
あたたかき十一月を逝かれけり　一四五
十月【じゅうがつ】(秋)
にはたづみにも十月の上高地　一四〇
終戦記念日【しゅうせんきねんび】(秋)
黒潮の見えて八月十五日　五二
撫仏撫づる八月十五日　一三三
音すべて消えし青空終戦日　一八一
句会へとあるく八月十五日　一八二
十二月【じゅうにがつ】(冬)
牡蠣フライ食うてはじまる十二月　一九
十二月八日【じゅうにがつようか】(冬)
球根を遅れて植うる開戦日　一四六
『瘤』といふ小さき句集開戦日　二〇〇
春光【しゅんこう】(春)
春光の港にコロナウイルス船　一五九
春灯【しゅんとう】(春)
少年の睨む五線譜春灯　一一〇
春分【しゅんぶん】(春)
春分やゲーテの詩を次々と　一〇九
障子【しょうじ】(冬)
指窓の瞳の動く障子かな　六二
糸電話障子に影のありにけり　九六
障子貼る【しょうじはる】(秋)
まづ一枚貼りし障子を立てにけり　一九二
除夜の鐘【じょやのかね】(冬)
平成の仕舞の除夜の鐘を打つ　九七
白魚【しらうお】(春)
白魚にこの世のひかりすきとほる　一〇五
代田【しろた】(夏)
まつすぐに太陽の立つ代田かな　八二
白南風【しろはえ】(夏)
白南風の吹く七曜のはじまれり　一七三

師走【しわす】（冬）
一鞄一男極月のベンチ　一四九
新茶【しんちゃ】（夏）
平成に摘みし令和の新茶かな　一一九
新年【しんねん】（新年）
あらたまの鶴に朱を打つ飴細工　七
新米【しんまい】（秋）
階段を来る新米を肩に乗せ　五七
スケート【すけーと】（冬）
スケートの十一歳は風のやう　六四
スケートの流れへと入り振り向かず　六二
涼し【すずし】（夏）
鵯色に涼しき翼ひらきけり　一九
鈴蘭【すずらん】（夏）
鈴蘭や万平ホテルの赤ポスト　一六
菫【すみれ】（春）
花すみれ湘南平へつづく径　一〇九
誓子忌【せいしき】（春）
誓子忌を津波の跡に彳ちてをり　一三
忽然と桜満開誓子の忌　七六
花に星誓子忌にして犀星忌　一一
セーター【せーたー】（冬）
ふんはりと妻のたたみしセーターよ　二九
世田谷ぼろ市【せたがやぼろいち】（冬）
天地返すやぼろ市の砂時計　一四七
蟬【せみ】（夏）
妻の母は柩の中に夜の蟬　八五
人体の炎えきるを待つ蟬しぐれ　八五
線香花火【せんこうはなび】（夏）
くらやみにねずみ花火を蹴り戻す　一八一
早春【そうしゅん】（春）
早春やガラス張りなる楽器店　一五七
漱石忌【そうせきき】（冬）
頰杖をわれもしてをり漱石忌　一四六
朗人先生逝かれて二日漱石忌　二〇一
漱石忌今日のこゝろで今日を生く　二〇一
雑煮【ぞうに】（新年）
湯煙や伊豆の雑煮の具沢山　一〇一

た行

大根【だいこん】（冬）
大根の葉が来る自転車の前に乗り　一九

泰山木の花【たいさんぼくのはな】（夏）
泰山木咲くや眼下に一漁港　四四
東京の真ん中泰山木ひらく　八一
颱風【たいふう】（秋）
台風の竹のしなりの極限に　二四
耕【たがえし】（春）
富士山へ振りおろしては耕せる　三六
滝【たき】（夏）
滝音の中まつすぐに竹青し　一七五
啄木忌【たくぼくき】（春）
いつのまに手首に輪ゴム啄木忌　一六五
蛇笏忌【だこつき】（秋）
蛇笏忌の風鎮の房濃むらさき　九一
七夕【たなばた】（秋）
それぞれの七夕竹の風の音　二二
蒲公英【たんぽぽ】（春）
たんぽぽや田の神さまが降りて来る　四一
遅日【ちじつ】（春）
対岸に伊吹山ある遅日かな　三八
ちやんちやんこ【ちゃんちゃんこ】（冬）
次の世は白紙なりけりちやんちやんこ　一四七
月【つき】（秋）
少年駆け下りる月光のすべり台　一八九
月見草【つきみそう】（夏）
海風に咲く三寸の月見草　一七三
つくつく法師【つくつくほうし】（秋）
法師蟬篩に掛けし土のいろ　二三
水平に通す閂法師蟬　五三
法師蟬神輿へ神の移る刻　一三六
霾【つちふる】（春）
よなぐもり河馬ゆつくりと水を脱ぐ　四二
黄沙降る木馬は宙に浮きしまま　七六
茅花流し【つばなながし】（夏）
まつしろの犬来る茅花流しかな　一六八
燕【つばめ】（春）
燕来る防犯カメラの上へ二羽　一六二
燕帰る【つばめかえる】（秋）
母の忌はつばめの帰り行く頃よ　一三九
梅雨【つゆ】（夏）
しやちほこのむかうに梅雨の大江山　八二
露【つゆ】（秋）
露の世を行く耳朶となりにけり　一三八

氷柱【つらら】（冬）
氷柱折るとき星々の声のあり　一〇三
鉄道草【てつどうぐさ】（秋）
ひめむかしよもぎ一本抜かず置く　一八五
天狼【てんろう】（冬）
天狼や子の生みし児へ子守唄　九
蜥蜴【とかげ】（夏）
長針のごと日時計に蜥蜴をり　一八
年の夜【としのよ】（冬）
除夜の闇天城峠へ続きけり　一五〇
泥鰌鍋【どじょうなべ】（夏）
豆腐へと泥鰌逃げ込む泥鰌鍋　八四
鳥羽僧正忌【とばそうじょうき】（秋）
鳥羽僧正忌蛙らの穴に入る　一九三
鳥帰る【とりかえる】（春）
鳥帰るわが身長の少し減り　七四

な行

茄子【なす】（夏）
水茄子のみづみづしきを嚙みしむる　一七四
夏霞【なつがすみ】（夏）
夏霞むライン川越え降下中　一二八
夏の潮【なつのしお】（夏）
うつぼふはりと夏潮の穴に入る　四五
夏の波【なつのなみ】（夏）
夏怒濤引く潮を呑み立ちあがる　四五
夏蒲団【なつぶとん】（夏）
夏布団葉騒の中に敷かれけり　四七
夏めく【なつめく】（夏）
夏めくや風をはらめるすべての帆　七八
七日【なぬか】（新年）
人日の道頓堀の水の色　六九
海鼠【なまこ】（冬）
俎板に切らるる前のなまこかな　二〇〇
二百十日【にひゃくとおか】（秋）
パスポート更新二百二十日かな　八九
温め酒【ぬくめざけ】（秋）
温め酒松園の絵の乙女注ぐ　一六
葱【ねぎ】（冬）
葱の束すつくと白き深夜かな　九六
涅槃西風【ねはんにし】（春）
ねはんにしかぜ空蟬のとまる幹　一六二
後の月【のちのつき】（秋）
ランドセルが誕生祝十三夜　一四二

十三夜背中合せに木のベンチ　一九三
野分【のわき】(秋)
凜々とおくれ毛の立つ野分かな　二三

は行

萩【はぎ】(秋)
紅萩の水に触るるや山上湖　一八九
白秋忌【はくしゅうき】(秋)
白秋忌今宵は一の酉といふ　一九五
稲架【はざ】(秋)
稲架襖高野山への棚田道　一九〇
葉桜【はざくら】(夏)
葉桜を月あをあをとこぼれをり　一六九
葉桜を打つ雨粒の透き通り　一七〇
蓮【はす】(夏)
どろどろでありし地球や蓮の花　五〇
明日ひらく白蓮の先うすみどり　一七七
斑雪【はだれ】(春)
はだれ嶺の方へと片手振りてをり　七三
八月【はちがつ】(秋)
八月の空溶岩のすぐ上に　二一
八月が太平洋に横たはる　五三
生一本の男八月とともに逝く　八八
螇蚸【ばった】(秋)
岩に載る岩その岩に乗る飛蝗　一三〇
初蝶【はつちょう】(春)
初蝶の来るよ先師の散歩道　一一一
初蝶の自動扉をひらきくる　一五九
初日【はつひ】(新年)
初日いまだし天上はすでに青　七
日本は水の国なり初日の出　六九
クレーンが吊りあげてをる初日かな　一五三
初富士【はつふじ】(新年)
太陽やいま初富士をうすべにに　三五
初詣【はつもうで】(新年)
白馬へと青菜一本初詣　一五四
花【はな】(春)
真夜に覚め花明りとぞ思ひけり　四二
花の山道路鏡また道路鏡　一六四
花菖蒲【はなしょうぶ】(夏)
ミサイルの飛びたる朝の花菖蒲　四八
花野【はなの】(秋)
花野へと垂るる岩場の鎖かな　一四四
大花野母振り向かず戻り来ず　一八六

花火【はなび】（夏）
花火師の尖りするどき喉仏　五三
留守番の東の窓の遠花火　八六
一湾に百発同時大花火　一八三
羽抜鳥【はぬけどり】（夏）
午後四時の空腹感や羽抜鳥　一三五
母の日【ははのひ】（夏）
母の日の義母と握手をしてをりぬ　七九
玫瑰【はまなす】（夏）
草田男の玫瑰の沖君逝けり　一七四
針供養【はりくよう】（春）
雨もよひとも雪もよひとも針供養　七二
春【はる】（春）
夢の世の春の焚火に足す一枝　一〇
ずぶ濡れの礁の春となりにけり　一〇五
春浅し【はるあさし】（春）
春浅き日差のなかをコック帽　一五七
春惜む【はるおしむ】（春）
春惜しむ磧に濡れし足を置き　一六六
春雨【はるさめ】（春）
春雨の潮のふくらむ夫婦岩　一一七
春近し【はるちかし】（冬）
煎餅に蛸・烏賊・海月春近し　一五六
春の川【はるのかわ】（春）
春の川煙のやうに流れけり　一六一
春の雲【はるのくも】（春）
春の雲やぶさめの的こつぱみぢん　七三
春の鳥【はるのとり】（春）
要害の門は四足や春の鳶　三七
春の星【はるのほし】（春）
ウイルスは人から人へ春の星　一六四
春の水【はるのみず】（春）
三連の水車をのぼる春の水　一〇六
春の夕【はるのゆう】（春）
駄菓子屋の春夕暮となりてをり　一〇七
春疾風【はるはやて】（春）
旗赤き仮設の店舗春疾風　一一
晩夏【ばんか】（夏）
草の罠晩夏の畦のわが足に　一三七
半夏生【はんげしょう】（夏）
縞馬に縞の鬣半夏生　一一七
阪神淡路震災忌【はんしんあわじしんさいき】（冬）
踏めば鳴る寒の階段阪神忌　八

阪神忌今夜は雪の降るといふ　一五五
万緑【ばんりょく】(夏)
万緑を来て一本の四つ葉摘む　一七一
ビール【びーる】(夏)
くちびるのビールの泡の中にあり　一七六
日傘【ひがさ】(夏)
ずんずんと水に近づく日傘かな　二二六
東日本大震災の日【ひがしにほんだいしんさいのひ】(春)
今朝の雪増え三月十一日の富士　一六〇
日向ぼこ【ひなたぼこ】(冬)
ほのぼのと日向ぼこりの膝頭　二〇二
雛祭【ひなまつり】(春)
豆雛の毛よりも細き目鼻口　一六〇
冷酒【ひやざけ】(夏)
竹筒の竹の香りの冷し酒　五一
枇杷【びわ】(夏)
皮すべてむき枇杷の実を食べはじむ　一七
枇杷の花【びわのはな】(冬)
耳掻きの小さな匙よ枇杷の花　六一
蕗の薹【ふきのとう】(春)
蕗の薹西のはるかに金華山　三
袋角【ふくろづの】(夏)
袋角コントラバスの音で来る　一五
袋角一番星のありどころ　一六九
不死男忌【ふじおき】(夏)
ワイシャツの星屑払ふ不死男の忌　二〇
不死男忌の風鈴に吹く強き風　四九
不死男忌の灯に玉虫の来たりけり　八六
新刊は不死男評伝不死男の忌　二二七
不死男忌の朝の雀に朝の雨　一七八
柴漬【ふしづけ】(冬)
柴漬を跳ねて出でたる小海老かな　九五
富士の初雪【ふじのはつゆき】(秋)
初雪の富士へ鉄橋音高し　一九〇
藤袴【ふじばかま】(秋)
藤袴毘沙門天の槍に風　一八八
蒲団【ふとん】(冬)
生涯のいつまで蒲団ととのへる　一四八
冬菊【ふゆぎく】(冬)
弁護士坂本の墓冬菊凛　九四
冬草【ふゆくさ】(冬)
冬草や伸び切つてゐる山羊の綱　六三

冬滝【ふゆだき】（冬）
しんしんと凍滝われもしんしんと　一〇二
冬隣【ふゆどなり】（秋）
灯のあるもなきも電柱冬隣　六〇
冬の風【ふゆのかぜ】（冬）
寒風や熱海芸者の帯だらり　三六
冬の月【ふゆのつき】（冬）
寒月や仔牛の四肢の立ちあがる　一〇三
冬紅葉【ふゆもみじ】（冬）
冬紅葉三島溶岩流の跡　一四五
冬紅葉山並はるかの凹に海　一九七
ぶらんこ【ぶらんこ】（春）
ふらここの両足空へ一年生　一一三
古暦【ふるごよみ】（冬）
おしまひはかろきがよろし古暦　三一
文化の日【ぶんかのひ】（秋）
四色のボールペン持ち文化の日　一四三
君逝くや誓子の生れし文化の日　一九六
蛇【へび】（夏）
ゆつくりと蛇のどこかの進みをる　二〇
防風【ぼうふう】（春）
汐騒に防風の花ほのぼのと　一六八
朴落葉【ほおおちば】（冬）
どこまでも朴の落葉を踏み行けり　二八
朴の花【ほおのはな】（夏）
むらさきに昏るるわたつみ朴の花　七九
星月夜【ほしづきよ】（秋）
星月夜明日のもの煮る落し蓋　五四
蛍【ほたる】（夏）
雨の葉の二尾のほたるのともしあふ　一三三
ほたるゆつくりゆつくりと雨強し　一三三
牡丹【ぼたん】（夏）
富士に暁光純白の牡丹にも　一四
牡丹の芽【ぼたんのめ】（春）
君逝けりすつくと伸びし牡丹の芽　一一〇
フクシマはいまだフクシマ牡丹の芽　一六一

ま行

鱒【ます】（春）
骨の身をこそげば甘しさくら鱒　一六三
松手入【まつていれ】（秋）
よくきれるおとのしてをり松手入　九二
祭【まつり】（夏）
貝殻を踏みて笛吹く祭の夜　八〇

みこしより高く神輿へ出湯をかける　一二〇
闇に立つ庫の神輿を見上げけり　一七〇
蝮草の実【まむしぐさのみ】（秋）
まむし草の実この先に神の池　一四〇
豆撒【まめまき】（冬）
妻戻り来たるよ豆を撒くとせむ　七二
豆撒きし指先闇に触れにけり　一〇四
三日月【みかづき】（秋）
父の忌の夕三日月のかたぶけり　一三五
水澄む【みずすむ】（秋）
妻の母の四十九日の水澄めり　八八
忽然と君逝きて水澄むばかり　一三八
澄む水の岩の上行く岩魚かな　一四二
水温む【みずぬるむ】（春）
水鏡してみささぎの水温む　四〇
対岸へ七つの石や水温む　一一一
蓑虫【みのむし】（秋）
雲ひとつなし蓑虫のするすると　五七
木槿【むくげ】（秋）
無言にて神輿の進む花木槿　一三七
睦月【むつき】（春）
星々のきらめき合へる睦み月　一〇四
名月【めいげつ】（秋）
満月へしろき手帳をひらきけり　五六
名月へ吹く「コンドルは飛んで行く」　九〇
満月や日の沈みゆくライン川　一三一
メーデー【めーでー】（春）
メーデーの去り噴水の立ちのぼる　七八
虎落笛【もがりぶえ】（冬）
ゆりかごの中に瞳よもがり笛　二〇三
藻の花【ものはな】（夏）
梅花藻の花一枚の莫蓙のやう　四九

や　行

山葡萄【やまぶどう】（秋）
山葡萄ゆらゆら胎児は羊水に　一八七
夕焼【ゆうやけ】（夏）
ゴムまりと少女の帰りゆく夕焼　一七五
雪【ゆき】（冬）
湯殿山雪になるかもしれぬ雨　二九
子規庵の庭はきのふの雪のまま　七〇
雪の中柿ひとつ置く子規の墓　七一
雪の墓少しく右へ傾ぎける　七一
雪霏々と降る黒き墓白き墓　一五五

雪女【ゆきおんな】（冬）
吊橋のまん中を来る雪女郎　六四
雪吊【ゆきづり】（冬）
雪吊の縄の匂へる中にあり　三一
雪吊の闇と闇とをつなぎをる　二〇四
雪解【ゆきどけ】（春）
雪解水鳥居の脇を走りけり　三七
行く年【ゆくとし】（冬）
逝く年の富士の白さを見尽くせり　一五〇
行く春【ゆくはる】（春）
七秒で渡る鉄橋春の果　一四
逝く春の麒麟の影を踏みて立つ　一六五
ゆく春の瀬音となりて流れ去る　一六七
柚子湯【ゆずゆ】（冬）
鬼柚子とわが顔とある柚子湯かな　九七
われ出でて右往左往の柚子湯の柚　二〇二
百合【ゆり】（夏）
山百合の小学校へ向きて咲く　一七二
夜神楽【よかぐら】（冬）
夜神楽の剣のとどめさす構へ　一四三
嫁が君【よめがきみ】（新年）
このところお会ひせぬなり嫁が君　一五三
夜の秋【よるのあき】（夏）
からつぽの檻のありけり夜の秋　一八〇

ら行

落花【らっか】（春）
田のなかの落花のなかの石は墓　四三
黒々と太々と幹はなふぶき　七七
立秋【りっしゅう】（秋）
立秋の吊皮となり揺れてをり　八七
立春【りっしゅん】（春）
立春のけやき並木に芽の見えず　一五六
流星【りゅうせい】（秋）
次の星流れたるなり山上湖　一三四
竜の玉【りゅうのたま】（冬）
竜の玉小面の眉ほのぼのと　三五
影持ちて弾み出でたり竜の玉　七〇
竜の玉七福神の石の船　一〇二
茘枝【れいし】（秋）
黙禱の正午の皿のゴーヤかな　一八二
檸檬【れもん】（秋）
飛行船レモンの上に浮かびをり　一九五

炉【ろ】（冬）
蛇笏・龍太選句の部屋のゐろりばた　九三

わ行

若葉【わかば】（夏）
若葉雨ふいごの風に立つ炎　八一
鳩鳴くや伊勢の外宮の若葉雨　一一八
若葉照るおかげ横丁誓子館　一一九
若緑【わかみどり】（春）
天皇退位日みどり立つ吉田邸　一一三
新元号第一日の松の芯　一一七
砂丘より若緑へと下り行く　一六六
鷲【わし】（冬）
滝を見ず鷲の目はその上を見る　一二七
犬鷲の胸元を滝落ちにけり　一二八
早稲【わせ】（秋）
山窪の早稲田のそよぐ日本かな　一三三
綿虫【わたむし】（冬）
狐川わたるや綿虫とともに　九四
綿虫のわが背丈より高くなる　一九七
渡り鳥【わたりどり】（秋）
幸せの国から国へ鳥渡る　五八

令和俳句叢書

句集　星々

ほしぼし

二〇二二年一一月五日第一刷
定価＝本体二八〇〇円＋税

●著者——松尾隆信
●発行者——山岡喜美子
●発行所——ふらんす堂
〒一八二—〇〇〇二東京都調布市仙川町一—一五—三八—二F
TEL〇三・三三二六・九〇六一　FAX〇三・三三二六・六九一九
ホームページ　http://furansudo.com/　E-mail　info@furansudo.com
●装幀——和兎
●印刷——日本ハイコム株式会社
●製本——株式会社松岳社
落丁・乱丁本はお取替えいたします。
ISBN978-4-7814-1494-2 C0092　¥2800E